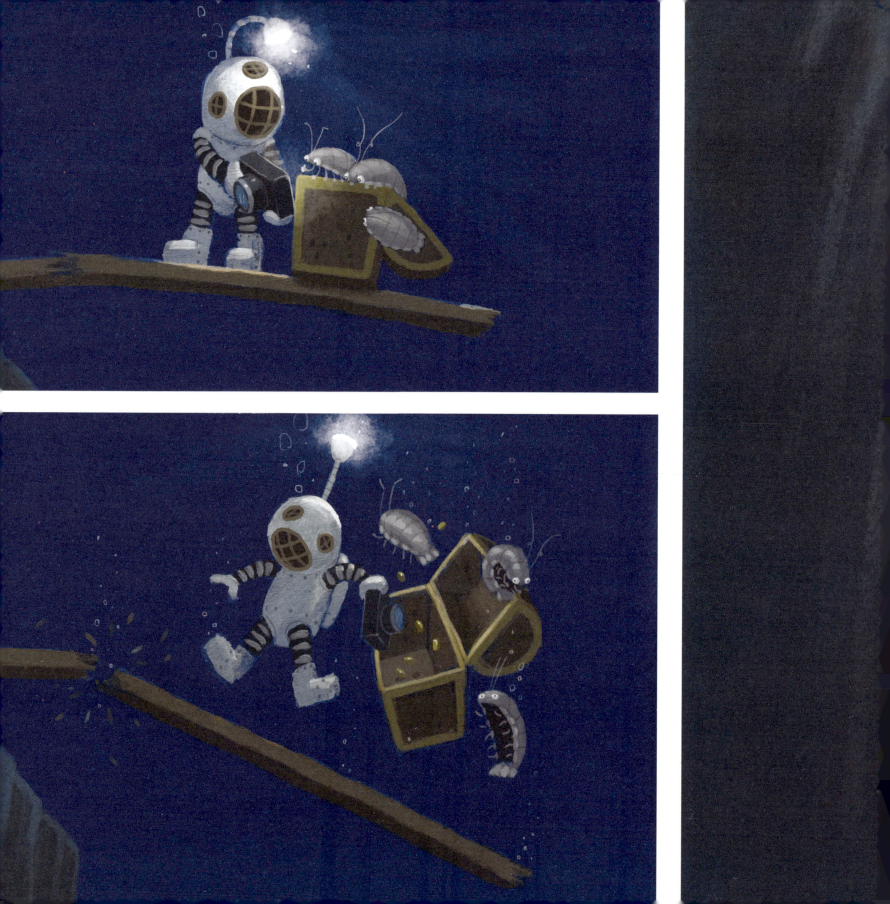

SUBMERGÍVEL

LULA BIOLUMINESCENTE

FUMAROLA NEGRA E CARANGUEJO

LAVA ALMOFADADA E MEXILHÕES

ISÓPODES GIGANTES

PLIOSSAURO?

EU

ATLÂNTIDA?

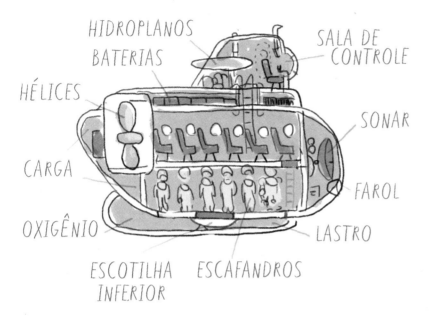

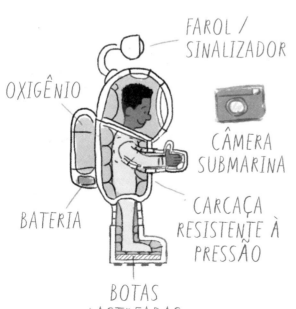

Para meu pai

Título original: *Field Trip to the Ocean Deep*

© 2020, John Hare
Publicado por acordo com Holiday House Publishing, Inc., Nova York.
Todos os direitos reservados.
© 2023, Livros da Raposa Vermelha para a presente edição
www.livrosdaraposavermelha.com.br

Diretor editorial: Fernando Diego García
Diretor de arte: Sebastián García Schnetzer
Tradução: Rafael Mantovani
Revisão: Helena Guimarães Bittencourt e Luciana Veit

I S B N: 978-65-86563-30-6

Primeira edição brasileira: janeiro 2023

Dados Internacionais de Catalogação na Publicação (CIP)
(Câmara Brasileira do Livro, SP, Brasil)

Hare, John
Excursão ao fundo do mar / John Hare ;
[ilustração do autor ; tradução Rafael Mantovani].
Ubatuba, SP : Livros da Raposa Vermelha, 2023.

Título original: Field trip to the ocean deep
ISBN 978-65-86563-30-6

1. Literatura infantojuvenil I. Título.

22-140190   CDD-028.5

Índice para catálogo sistemático:
1. Literatura infantil 028.5
2. Literatura infantojuvenil 028.5

Aline Graziele Benitez - Bibliotecária - CRB-1/3129

Todos os direitos reservados. A reprodução não autorizada desta publicação, no todo ou em parte, constitui violação de direitos autorais. (Lei 9.610/98)